環境文化

大場孝利詩集

土曜美術社出版販売

カバー・表紙デザイン／大場長雄

目次

Ⅰ部

Ⅱ部

女性《あなた》のかたち

詩集　環境文化

I
部

想うこと——若戸大橋付近で

1

すれ違ったとき
人と人の海の話の中に
　　——魚
と
はっきり一言拾う

南海岸通りの

朝散歩には
利く
耳がついてくる

弾みをつけて
脚は
軽く音を踏みながら
陽の道を行く

聡く
目は

―おっ！

海の青さへと急ぎ
深くまで覗こうとする

このような時にこそ
戒めとして
（死の海）へとは
―もう戻らない

と
約束した歴史の教えを
忘れることがないように
密かに
心に結ぶ

2

自撮りしている
カップルの背景に浮かぶ
雲の真白なのが
眩しい

洗濯したてみたい

もう誰も注文をつける
人は居ないだろう

むこう岸から
流されてきて
頭の上で怪しく陰っても
それは

—自然成分のもの
だよと
言い切る

3

山の上からも
いい
けれど路地からの
—眺めもよかった
あの女人《ひと》の

言葉を思い出し
同じ路地から
見上げてみたい
赤い橋

東洋一*と祭られ
それが自慢で
あの高さを
胸を張って
歩いたことがある

今は車両専用で
二つの都市《まち》を結ぶ
海の上の道だ

祝　国重要文化財指定

若戸大橋

ボディーに公報の文字を見せて
走りゆく
バスの後ろ姿に
—おめでとう
市民の誇りの手を振る

＊ 完成当時（一九六二年）東洋一の吊り橋であった

新しい坂道—こころ探し

1

明日は

—行ける

占うこころを100回書いて

枕元に置く

2

（でも分かって　先生）

夜のうちに
それは
―行けない
に
書き換えられ
朝には
―弱虫
を詰る

殻の生き物になってしまう

3

（先生　手紙ありがとう）
どうにか　それなら
—できそう
放課後
—4時

ね　約束

4

(二人だけの勉強が終わると)
夕焼けの眺めをつくる坂道を
―ポスト
のところまで
先生と少女は
折り返しながら
空を語り

海を歌い
まず一歩のこころ探しをする
明日からも
──ずっとやるよ
はにかみぎこちなく
瞳が見てくる
誰にでもある
青春の迷い道が
少女の
──今なのかも知れない

肩に手をかけ
先生は
校舎の高さを仰いだ

あそこから
やがて

――少女は

想い出の中に
遠く
日々を置いて
歩き出すだろう

5

（…）

―「元気でやってる」
二人で見たあの時の
―「空と海の眺め　ずっと忘れない」
桜だよりといっしょに届いた
手紙の言葉を
鞄の中に畳んで

先生は
新しい朝の坂道を上る

洞海湾のイルカ

イルカ
―見たい人
―イエーイ
赤いニット帽は
真っ先に走り出す
船に
―行こう

孫が
見たいとせがむので
おばあちゃんは
チェキを
ちゃっかり持ってきた

若松
から
戸畑
まで
渡船での3分間に
イルカウォッチングができるそうだ

—見れますかねえ

それは運しだいで
お楽しみに
それにしても
―いい時代に
なりましたね
―わたしたちの
頃には酷《ひど》かった
あのヘドロの海が
こんな
ラッキーな刻《とき》を

―プレゼント
してくれるなんて
幸運の女神さまは
小児50円・大人100円也
の
遊覧（?）に
微笑んでくれるでしょうか

二〇二三年三月三日（木）ＦＢＳ福岡放送での
配信ニュースを観て

合馬の季節

1　筍

山間のこの里は
土がいい

竹の林には上から
春がひかり
一雨の潤いが
掃きながらみるみる
土を濃くして過ぎる

人は
鍬を手にする
―ここだよ
土の面《かお》に微かに
割れやもっこり
が
しるしを見せ始める
目の力は慣れている
鍬の一振りで
真っ直ぐそこを狙う

赤い土の穴から
今年も
――上上
当地ブランドの
白子筍が
掘り上げられてくる

2　蛍

山間のこの里は
水がいい

半袖シャツになって
—暑い
と言えば
—暑い
言い種に言葉が応える
沃野の草丈が
高くなって
青空がひらく
山田を曲がりながら

川の水は
数多《あまた》のいのちの気配に
湧く

蛍が

—光ったよ

畦道からの帰りの
夕に
人が
一番だとの声を上げる

—わしも

見たよ

すれ違いに会った人が
偶然を言う

そうして
夜のうちに
蛍自慢の声は
笑いと共に
里の戸口を伝っていく

風——響灘風力発電

1

はるばる
この道から遠いところ
ぼんやりと記憶にある
冬の村から

はるか
この海のずっとむこう
しばしば夢に見る
夏の村から

風
その声がする

2

この地球《ほし》の表から裏まで
朝の顔に
おはよう
夕の顔に
おやすみ
を届けながら

風は来る

3

それは
ひとびとの暮し
を
守り
灯すため
―なくてはならぬもの
さらに強く

エネルギーのもとになるよう
勢い増して
吹いて来て

—おくれ

海原の
巨人《もの》たちは
都市《まち》の計画のことを伝えながら

真っ直ぐに立ち
優れて自慢の腕を
いっぱいに伸ばす

遠賀川のはたらき

1　農業用水

堰堤の内側にその限りまで
緑の地は広い

この肥えた土地を
程よく耕し
小粒な種子を選り
こつこつ蒔き
土を盛る

あなたから注がれる潤いがあって
人たちは

朝の陽の出
夕の陽の入りに
灼けた顔を上げ
ことば少なく祈り
一日を過ごす

季節になれば
汗を喜びとして
節くれ指の掌に
旬のときの実りを穫り入れる

2　水道用水

今月の
水道料金のことより
何よりも

あの旱魃の夏
汲み上げる流れもなく
水の止まった日の不都合に懲りて

人たちは

庭の木に水を撒くにも
大根の白さを洗うにも

気遣いを忘れず
疲れた脚を浸すとき
さいごに
膝に落ちかかる
ひと滴その音を
しずかな耳に残す

3　工業用水

都市《まち》の工場から
出てくる人たちの
笑顔が絶え間なく
みな明るい

悔いのない
一日を

終えることができたと
安堵に満ちた
表情で綻ぶ

夜の帳の中に
工場の群は
ひかり溜りとなり
人たちの
活気のちからを継いでいく

それもこれも

あなたがあって

稼働に必要な水は
備えてあって充分だよ
と
変わらず伝えてくれるから
こそなのであろう

いのち水——頓田貯水池

わたしたちの暮しには

ひねると
ジャー*

という便利ものが
備えられ
ごく普通にある

お茶を飲む
米を研ぐ
手を洗う

オシッコを流す

生きることの
用の粗方を
楽々とできる仕組みができている

日常がそうある

だから
朝夕の
お礼の気持は
表立って示されないけど

人々の感謝は
胸深くのどこかに
仕舞われ

きっと持たれている

—水瓶よ

だから　来たのは…

ぐるりと
春のうたの気配に
囲まれながら

かえで橋に立ち

—ここから

水

と

緑の
色合いの深みの
央に向かって

日々の暮しの
生きるを支えてくれる

—いのち水

を
ありがとうって
気持をいっぱい言ってみる

…朝にしたいからだ

＊　水道のこと（ことば遊びのひとつ）

木振り——若松あじさい祭りのとき

いい潤い
——でした

会釈して
笑顔と笑顔がまた会う
季節のめぐり

憶えのある
声もしていて
山の上の広場には
去年の顔の

黒子《ほくろ》の人もキツネ目の人も
居る

今日は
—カラッと
運よく天気に恵まれ

汗ばむ
帽子の頭が
シャツの背中が
干されながら

赤　白　紫
とりどりに盛りの彩を見せる

花の小径へと
足並みとなって行く
人の流れに沿って
ゆっくり進む
奥の方で
―これって大変なんだ
立ち止まって
低く言い合う
声がしてくる
少年が
少女に
行き届いている

丹念な木々への手入れのことを
訥々説いていく
―七万本余
のあじさいがあって
株の
―一本一本
にそれなりの
木振りがあるなどと
なかなか鋭く言う

100億ドルの夜景

1

てっぺんからの
――夜景の眺め
に期待ですよ

旅先の駅の窓口で勧められ
その言葉に導かれて
女性《ひと》は来たという

どのルートで
来られましたか
先着の一人が寄ってくる

—登山道

をてくてく上りました

—ケーブルカー

も薄暮の辺りを見渡せて
良かったですよ

霞みはじめの
影になって

話がはずみ
相槌を打ちながら
二人は立つ

2

登頂の人たちは
生憎の暗がりの中でも
その刻《とき》を
辛抱に待っている
霧雲がゆっくりと
流れ切れていくと

皿倉山頂から望む
パノラマビューは

光の中に

川の流れ
海の広がり
峰の高さ

ぐるりと

それら
都市《まち》の全貌を
視界の限りに広げる

—見て！

あちこちまで地点を
探しながら
指していく

立ち尽くして
人々は
息をのむその光景に
100億ドル…など
言葉に飾ることを
惜しみなくする

二〇〇三年に新日本三大夜景の一つに選ばれている

『仙凡荘』記

1

「仙」
も
「凡」
も
揃って

―お越し下さい

花だよりが
朝の玄関に届いた

寒気は徐にむこうの地へと退いていく

梅
桃
がちょうど
見ごろだろうよ

夫と婦は
窓の外に季節の色を見つけ
新しい装いに変え
南寄りの風の
兆しの中へ
―さあ　行こう

家の鍵をかける

2

旧道の海岸線を走り
—途中から
脇に逸れ
小径を曲がりくねり
坂を上りつめた奥が
丘状の山となっていて

—そこだ

3

—等しく産まれ
等しく生き
等しく死す

山の「祖」の願とする旨《むね》が遺されている

その精神の言葉を
素直な気持になって受け

二人は
並び入り口に立つ

暮しで塗《まみ》れた
俗の仮面やなんかは
その場に重ならないように
脱いで置く

その時から
少し軽くなれた
気がして

二人は
花に誘われ
景色に沿って
ひとの間を歩く

鳥に和み
憩いの座に集い
ひとと共に語りあう

4

人間《ひと》の肩の高さは
—みな同じ

些細なこの世の
迷い事から解き放たれ
洗われたとき

「仙」の人も
「凡」の人も
清しい心の
持ち主となる

5

明日からは
きっとこのままの
新しい
――人間
として生きていける

気がして
夫と婦は
よい
一日だ
また
来よう
同じ思いを
認め合い
夫夫の心をそっくり山に託す

北海岸

少女　-if　女

チャンス
シャッターを
押せばよかったのに

少女は…

夏
あの日
白い帽子を目深にして
貝殻を握り
見つめていた
波間

少年の影に

（いつか）

トキメキ
その先をうまく
…できなくて

時はそこで止まり

少女は
土地柄の
おばさんになり
炊事

洗濯
小さな畑しごと

家族の

―しあわせ

を
守っていく
日々に埋もれていく

ふとした
日常の手間の
切れ間の
ひとりの時間に
愛しいときを作ってくれる

北海岸

足を洗っていった
波のさざめき
カモメ
風
光
浜の花

一式の風景では

青春さ中の
少女は
その時のままで輝いていて

（あのとき）

少年Aに

ｉｆ

…していれば

と

しかし

―ふふっ

想いは

そこまでで返していく

少女だった女《ひと》は
コップ一杯に
水を注ぎ
今を生きていくために
みじかく笑みをつくって
ひといきに飲む

『詩と思想詩人集　２０１９』に掲載したものに加筆

Ⅱ部

女性《あなた》のかたち

1　声

人の心に響く
声で
届けたい
―あの先生のように

普段は優しい声で
人柄のいい
あなたが
沁みるように語れない
ことを悩む

あなたは講師
家族は聴く人となり
夕食後
居間に寄って
練習を続ける

そのうち

—いい調子だよ

家族はあなたの声の変化に気づく
――少しはできる

かな

あなたは
自信の笑顔を
見せる

自分の中に
公の務めをする人として必要な質を
作れるようになった
ようだ

集会のとき人前に立つと

凛として
会場の空気を押して
伝えていく
あなたの
意思の声

耳が直向きな姿勢になる

そんな時の
あなたは
見違えるほど
眩しく

もう一人前の語り手だ

2　知りたい知らせたい

意志が
脚を
行かせる

赤青緑白どれもが
黒になる
町のいろ
そのことについて

本当のことを

—知りたい

大切なことを
—知らせたい

強くある思いを抱えて

あなたは
朝のドアを押し
拳を握り

—よし

出かけていく

そして

一日の終わりには
―疲れた
脚は造作なく
投げ出される
もしもし
―人々のため

ですよ
その度に
囁くいつもの声が降りてくる
それがあなたを支え立ち上がらせる

ガンバレ
あなたの

脚

また明日になれば
歩いて　歩いて
真実を求めて行くんだろう

3　どん

身体《からだ》のどこかに
重みが
備わっているに違いなく

あなたの中心は
どんと
座っている

偉い人と話すときも
どん
会社の人との会議でも
どん

—どうして？

雨の日曜日
洩れる雫の音を気にしながら
訊いてみた

—そりゃあ

あの方方と話すには
脚も震えるけど

—ここに

宝物がある
それがちょっぴりだが

心の中の臆病な風を
消してくれる

と
お腹を突き出した

そして
この家《うち》の安心が一番に

―大切なんや

ただそれだけよ

背筋をピンと直して
得意な元気ポーズを見せる

これを聞いたら
家はみんな
あなたを

—頼りに

と言う
意見で一致する

4　道

この森は

――いいね

樹がどれも
元気な姿をしている

伸びあがる様子を見上げ
緑の空気を
おおきく吸うと

町の暮しでの呼吸と違って

――洗われる
ような気がして
澄んだものが
胸のずっと底まで
届いていく
身体《からだ》に

――良いことしよう
あなたのアイディアで
山の癒しを求め
一日かけて
林間道を歩いてみる

帰りにも
田圃への道を

—どう?

—行こうよ

迂回して

代り番こで鼻歌を鳴らし
ゆらゆら
陽の中を
影になって進む
もうすぐ地平に

―沈みそう
になっていく
光芒が
視界の風景をすっかり
茜に染める

その時
急に足を緩めて
このままがずっと
―続けばね…
小さな声で呟きながら

あなたは
少し離れて脇に寄り
来年もこの道で
負けずに
─咲いていて
と
白い花に語りかける

5　心の風船

あなたの
一日は
25時間である

あなたの
朝は早い
そして
夜は遅い

―休めば？

言ってみるが

——人生は一度きり
を口癖にして
せかせかは止まらない

時計に
収まり切れない
ほどのしごと量を
どこかへ
詰め込もうとする

そんな
あなたのことを
——だいじょうぶさ

父さんは
ゆったり見ている

あなたの
心の中には
ちゃんと

―風船が

備わっていて

壊れない様に
バランスよく
軽くなる仕組みを作っているのだよ
と
父親然とした口調で言う

6　太陽と土のある自然

今晩の
ご飯の具は
—えんどう
にするよ

あなたと二人で
剝いていく
両掌いっぱいの豆

莢の中に

白髭が
伸びようと
一つ
頑張っている

庭に蒔いてみて

—これが

芽立ちし
根張りし
枝を広げ
花を咲かせ
うれしい実をつける
それを喜びとすることができる

そんな日常が
当たり前な

健康な太陽と土のある
自然が
一日も早く
戻りますように

それは
町が挙って求めている

――未来です

あなたは
共同研究で習ってくる

言い方を
何気ない家族の夕餉時
こんな時にも
使ってみる

7　赤鉛筆

振り返る
眼鏡の顔は
まるで
学校の先生みたいになる

あなたという人

黒い紐で綴じられ
送られてきた
紙の束を
一枚一枚めくりながら
赤鉛筆で

○　×　印を
付けていく
ひといきの線で
文字列を
消していく

そんな時の
あなたは

—ちょっと

退《ひ》ける
だから
見ていないふりをする

でも　それは

大切なことに向かうときの
熱中だと分かっている

ほら
今度は
地図の上の
あちこちに
細かく不思議な印を
点々と記していく

そして

──…

聞こえないけど
あなたの耳にだけ

転がっている
使命のことば

それを
何度も自分に言いきかせながら
頷く姿勢のまま
さらに作業を続ける

8 灯り

—勉強かい？
—部屋だよ
ずっしりと
一日の疲れを背負って
あなたは
夜の灯りの中に居る
—お茶一服どうだい
父さんが

部屋を覗く
―もう少しだから
机に向かったままの
小さな影が
返してくる
声がする

このごろ
協力的に優しくなった
父さん

―たいへんな努力だね
あなたのことを

よく見ていて
後押しする

父さんと
二人が支え合い
仲のいいのが
中心にある

それが
家族の
―和であり
温もりを作ってくれる源《もと》だ
ホッとする

灯りの中から生み出され
手を結んでいく
あなたたちの
声

その一つ一つが
真実を明かし
どうか
人々の理解となりますように

あとがき

北九州市―。平成二十年に環境モデル都市、平成二十三年に環境未来都市として認定されている。「青い空」がある。

しかし、暗い歴史があった。公害である。海は汚染され、空が奪われた。人々の暮しの根が蝕まれた。そのとき、声を上げた市井の人たちがいる。戸畑婦人会の女性たちである。それは、家族や暮しを守ることのみに目標を設定したものであったと言われている。それこそが特筆すべき大切なことなのである。その力は(「青空がほしい」運動)へと展開され、純粋な声として有識者、行政、産業に届いた。都市《まち》は公害防止への取り組みを宣言し動き出した。その契機をつくり、原動力としての働きをすることになった女性たちの真摯な姿がある。

二部の「女性《あなた》のかたち」で、婦人（母親）たちの姿を追った。母親＝あなたとして、家庭の場で生きる母親たちの姿を捉えてみようと試みた―ほんの一端に過ぎないが。生活者である母親＝あなたたちこそ、歴史を生きた証人であると、筆者の記憶に残る。

一部は、公害を克服し、歴史の教訓を忘れることなく生きる今日の都市《まち》の姿とした。それは生活区の近くのものに限っている。

公害の実態や取り組みの詳細については、一次資料として残されたもの・研究書・論文などにある。とても参考になった、感謝したい。それらには及ばない。問題への直接的言及は、今回は敢えて踏み込まなかった。今後のテーマとして楽しみに残しておきたい。

社主の高木祐子氏、編集委員のみなさん、携わって下さった諸兄に、心から謝意を伝えたい。

著者

著者略歴

大場孝利（おおば・たかとし）

著　書

詩集『マンボウが釣られた日』
詩集『遠い神』
詩集『イースターエッグ』
詩集『グッドラック』他

詩集　環境文化《かんきょうぶんか》

発行　二〇二三年九月十日

著　者　大場孝利
装　丁　直井和夫
発行者　高木祐子
発行所　土曜美術社出版販売
〒162-0813　東京都新宿区東五軒町三—一〇
電　話　〇三—五二二九—〇七三〇
ＦＡＸ　〇三—五二二九—〇七三二
振　替　〇〇一六〇—九—七五六九〇九
印刷・製本　モリモト印刷

ISBN978-4-8120-2793-6　C0092